SAM Y EL DINERO DE LA SUERTE

por **Karen Chinn**

ilustrado por **Cornelius Van Wright** y **Ying-Hwa Hu**

traducido por **Eida de la Vega**

Lee & Low Books Inc.   *New York*

Manufactured in China by RR Donnelley Limited, October 2016

Book design: Tania Garcia
Book production: The Kids at Our House

The illustrations are rendered in watercolors on paper.
The calligraphy on the back cover represents the Chinese characters for "Lucky Money."
The illustrators added this element to the cover because Chinese reads from right to left,
and books written in Chinese open in this direction.

The editors gratefully acknowledge the Wing Luke Asian Museum in Seattle for assistance
in transliteration of the Cantonese words and phrases used in this book.

The illustrators acknowledge, with gratitude, Peggy Lam and Ernest and Sally Heyward
for providing photo references for some of the illustrations.

(HC) 10 9 8 7 6 5 4 3 2 1
(PB) 10 9 8 7 6 5
First Edition

Library of Congress Cataloging-in-Publication Data
Chinn, Karen.
[Sam and the lucky money. Spanish]
Sam y el dinero de la suerte / por Karen Chinn ; ilustrado por Cornelius Van Wright y Ying-Hwa Hu ;
traducido por Eida de la Vega
p. cm.
Summary: Sam must decide how to spend the lucky money he's received for Chinese New Year.
ISBN-13: 978-1-58430-167-7 (hardcover)   ISBN-13: 978-1-58430-168-4 (paperback)
[1. Chinese New Year—Fiction. 2. Chinese Americans—Fiction. 3. Spanish language materials.]
I. Van Wright, Cornelius, ill. II. Hu, Ying-hwa, ill. III. Vega, Eida de la. IV. Title.
PZ73 .C527 2003
[E]—dc21   2002030163

Sam estaba impaciente por salir. Cerró la cremallera de su abrigo y se dio una palmadita en el bolsillo. Era hora de ir al Barrio Chino a celebrar el Año Nuevo.

Sam pensó en las naranjas dulces y en el "dinero de la suerte": billetes nuevecitos de un dólar metidos en pequeños sobres rojos llamados *leisees*.

Los abuelos de Sam le daban leisees cada Año Nuevo. Cada sobre estaba decorado con un símbolo de la suerte: dos mandarines dorados, un junco chino, un dragón serpenteante, un melocotón gigante. Los leisees de Sam estaban adornados con ribetes dorados.

Sam contó el dinero: cuatro dólares. ¡Se sentía rico! Sus padres le dijeron que no tenía que comprar un cuaderno o unos calcetines. Este año podía gastar el dinero en lo que *él* quisiera.

—¡Sam! —lo llamó su mamá—. Vamos de compras. Date prisa, para poder ver el león.

—¡Ya voy! —dijo Sam.

Las calles vibraban con el ruido de los tambores y el entrechocar de los címbalos. En el aire flotaba el humo rojo producido por la explosión de los fuegos artificiales.

—Dame la mano —le dijo su madre—. No quiero que te pierdas.

Sam le dio la mano de mala gana. Parecía que todo el mundo estaba haciendo las compras para la cena de Año Nuevo. Había tanta gente en los puestos de verduras, que Sam tenía que estar atento para no chocar con codos y bolsas de compra.

Junto al puesto de las verduras, había dos montículos de papel rojo picado. Sam pateó los papeles con su pie derecho y, luego, con el izquierdo, hasta que provocó una pequeña tormenta. Cuando pateó el papel por tercera vez, sintió que su pie tocaba algo extraño.

—¡Ay! —se oyó gritar a alguien. Sobresaltado, levantó la vista y vio a un anciano sentado junto a la pared. El desconocido se frotaba el pie.

—*¡Descalzo en invierno!* —pensó Sam—. *¿Dónde estarán sus zapatos?*

Al alejarse, Sam se fijó en la ropa sucia del hombre. Encontró a su madre comprando naranjas y se agarró con fuerza a la manga de su abrigo.

—Oye, que necesito el brazo —le dijo ella—
¿Dónde has estado? Es hora de irnos.

Esta vez, Sam se alegró de seguir a su madre.

En la vidriera de la pastelería, Sam vio una
brillante hilera de *char siu bao*, sus panecillos
de miel favoritos. Cuando abrieron la puerta,
el olor de las tartas de huevo y de los pastelillos
de coco borró todos los pensamientos acerca del
desconocido. Sam se preguntó cuántos dulces
podría comprar con cuatro dólares.

—¿*Nay yu mat yeh ah?* —dijo una muchacha que estaba detrás del mostrador.
Sam la miró sin comprender y ella repitió la pregunta en inglés:

—¿Qué deseas?

Sam estaba a punto de pedir los panecillos cuando descubrió una
bandeja llena de galletas de Año Nuevo. Tenían forma de peces,
con colas gruesas y aplastadas, parecidas a los dedos del pie. De
repente, le vino a la mente el anciano y concluyó
que, en realidad, no tenía hambre.

De pronto, oyó un ruido semejante al
crujido de miles de hojas y corrió a la
ventana para ver qué pasaba.

—¡Mira! —gritó.

Un montón de fuegos artificiales explotaban en la calle.
En la esquina, estaba el león del festival, seguido por una banda
de címbalos y tambores. Sam empujó a su madre hacia fuera.

El león multicolor se paseaba por la calle como un ciempiés
gigante. Un payaso que tenía puesta una máscara redonda se
burlaba del león y éste movía la cabeza hacia arriba y hacia abajo.

El león se detuvo frente a una carnicería y olfateó un leisee enorme que colgaba de la puerta, junto a un ramo de hojas de lechuga. Con ruido de platillos, la banda instaba al león a tomar el premio.

—¡Toma la comida! ¡Toma el dinero! ¡Tráenos buena suerte en el Año Nuevo! —gritaba Sam junto con la gente. Su corazón latía al ritmo del tambor. Con una embestida súbita, el león devoró el leisee en un abrir y cerrar de ojos y continuó calle abajo. La multitud aplaudió y se dispersó rápidamente.

—Ese león sí que estaba hambriento —bromeó la madre de Sam. Ahora él también tenía hambre y quería volver a la pastelería.

Pero en ese preciso momento, un enorme letrero que decía "Gran apertura" llamó su atención. La vidriera estaba llena de autos, aviones, robots y animales de peluche. ¡Una juguetería nueva! El lugar ideal para gastar el dinero de la suerte.

Sam recorrió un pasillo y luego, otro. Examinó un carro de policía que tenía sirena y luces. Apretó un cerdito que hablaba y se rió al oír "Oinc, oinc". Entonces, vio las pelotas de baloncesto.

Una nueva pelota de baloncesto era la mejor forma de gastar su dinero. Pero cuando vio el precio, se enojó.

—Sólo tengo cuatro dólares —gritó—. No puedo comprar esto.

De hecho, todo lo que tocaba costaba más de cuatro dólares.

—¿Para qué sirven cuatro dólares? —se quejó, dando una patada en el suelo. Su madre entrecerró los ojos, como hacía siempre que lo regañaba, y lo condujo afuera.

Sam no podía evitarlo. Incluso con los adornos de oro, los leisees parecían no tener valor.

—Sam, cuando alguien te da algo,
debes agradecerlo —le dijo su madre,
mientras caminaban.

Sam hundió los leisees en su bolsillo.
El sol había desaparecido tras una nube
y empezó a sentir frío. Sam caminaba
arrastrando los pies.

De repente, Sam vio unos pies descalzos, y enseguida los reconoció. Eran del anciano que había visto antes. El hombre también lo recordó y le sonrió. Sam se quedó paralizado, mirando los pies del hombre.

Su madre siguió caminando. Cuando se volvió para ver dónde estaba Sam, se fijó en el anciano.

—Oh —dijo, cambiando de mano los paquetes, para poder buscar algunas monedas en su bolso—. Lo siento, sólo tengo veinticinco centavos.

El hombre inclinó la cabeza varias veces en señal de agradecimiento.

Actúa como si fuese un millón de dólares, pensó Sam, moviendo la cabeza. De repente, Sam se miró los pies, secos y calentitos dentro de las botas y se detuvo.

—¿De verdad puedo hacer lo que desee con mi dinero de la suerte? —preguntó.

—Por supuesto —contestó su madre.

Sam sacó los leisees del bolsillo. El dragón dorado lucía más brillante que nunca. Corrió hasta donde estaba el anciano y le puso los leisees en la mano.

—Con esto no puede comprar zapatos —le dijo—, pero sí un par de calcetines.

El anciano sonrió y la madre de Sam también.

Sam se reunió con su madre y le dio la mano. Ella le dio un
suave apretón y sonrió. Mientras se dirigían a casa para continuar
las celebraciones del Año Nuevo, Sam se sentía muy afortunado.